공감과 위로

이동로 시집

시음사
시사랑음악사랑

공식을 버리고 추상화된
감정을 표현하는 이동로 시인

"예술의 치유학"에서는 기억, 희망, 슬픔, 균형, 회복, 자기 이해, 성장, 감상 등의 기능을 말한다. 시인이 쓴 한 편의 시가 가지고 있는 잠재력은 독자가 희망을 꿈꾸게 하고 또는 슬프게도 한다. 이동로 시인의 작품을 보면 한국적인 아름다움을 회화적인 이미저리(imagery)로 표현해 내고 있다. 이런 능력은 시인이 세상을 보는 눈과 心眼이 남다른 감성을 지녀야만 가능한 일이다. 이동로 시인은 자신을 사랑하는 것에 그치지 않고 공동체적인 사랑을 보여주면서 인간의 가장 기본적인 고민거리 기쁨, 슬픔, 사랑, 걱정 희망 등을 표현해 내고 그런 기본적인 바탕에서 쓰여진 작품의 세계를 보여주는 시인이다.

이동로 시인이 즐겨 쓰는 화두는 칠정〈七情〉을 기본으로 하고 있는 것을 볼 수가 있다. 그래서 그런지 서정적이다. 아름다운 표현을 텍스트화하면서 음수율〈音數律〉과 음보율〈音步律〉을 적절히 사용하는 독특한 시작법을 볼 수가 있다. 균제미〈均齊美〉를 이용해 행과 연간의 공간에 배열하는 형식으로 시를 보는 이로 하여금 시각적인 면까지를 고려하는 시인이기도 하다. 운율미가 느껴지는 작품에서는 한글의 운율이 동심〈童心〉적인 마음으로 작품을 읽게 되고 기분 좋은 마음으로 행복해지게 하는 시작법을 보여주는 시인이다.

평생을 교직에서 수많은 제자를 배출한 교육자가 이제 시인이라는 이름을 달고 그 제자와 새로운 독자 앞에 한 권의 시집을 들고 섰다. 공식을 버리고 추상화된 감정의 표현들 속에서 수학 학자가 본 것은 무엇일까 하는 의문점을 이동로 시인의 시심으로 볼 수 있어 기쁜 마음으로 "공감과 위로"시집을 추천한다.

사단법인 창작문학예술인협의회 이사장 김락호

시인의 말

규칙적인 달리기로 건강한 생활습관을 형성하여 한계를 극복하고 스스로 이겨내는 인내와 더불어 화합하는 공감과 나눔을 실천해 왔습니다. 또한 자연이 주는 감사한 기운을 온몸으로 받으며 하늘과 바람이 주는 겸손한 만남 속에서 시라는 글을 통해 공감과 위로를 주고 받았기에 이 글들을 모았습니다.

가슴 속 깊은 곳에 응어리진 슬픔을 품고 하늘을 날아 가고 싶은 기쁨을 짧은 시를 통해 표출하고 토해내는 작업을 반복적으로 표현하다보니 습작이 습관으로 자리를 매김하여 시상이 떠오르면 쓰고 모은 글을 이 한 권에 담아 보았습니다.

마라톤 풀코스를 완주하면서 얻은 기쁨처럼 순간의 행복을 길게 느끼는 습작의 즐거움이었고 들판을 달리며 시를 쓰는 달마시인으로 독자들에게 다가 가고 싶습니다.

틀에 박힌 일상에서 벗어나 여행을 통해서 틈틈이 쓴 글들이 이제야 한 권의 생명체로 탄생하였습니다. 이렇게 부족한 시를 가꾸고 사랑하며 내 삶의 동반자가 될 수 있는 계기를 마련해 주신 모든 분들께 깊은 감사의 인사를 올립니다. 하잘것없는 저에게 용기를 주고 응원을 해주신 주변의 많은 분들께 조그마한 보답으로 이 책을 드립니다. 그리고 늘 함께 공감해주고 위로를 해 주신 카카오스토리 친구분들에게 깊은 감사의 뜻을 올립니다.

대한문인협회의 회원으로서 "참되게(眞) 배우고, 착하게(善) 행하며, 아름답게(美) 살자"라는 각오로 열심히 활동하고 노력하겠습니다.

마지막으로 협회의 무궁한 발전과 선배문인님과 동료 후배 문인들의 가정에 건강과 행복이 충만하시길 기원합니다.

시인 이동로

1장 가슴에 피는 꽃

QR 코드

스마트폰으로 QR 코드를 스캔하면
시낭송을 감상할 수 있습니다.

제목 : 그리움
시낭송 : 김지원

2장 사랑의 홀씨

QR 코드

스마트폰으로 QR 코드를 스캔하면
시낭송을 감상할 수 있습니다.

제목 : 순백사랑

시낭송 : 최명자

3장 공감의 멋

QR 코드 │ 스마트폰으로 QR 코드를 스캔하면 시낭송을 감상할 수 있습니다.

제목 : 그리운 당신
시낭송 : 김기월

제목 : 구름 같은 인생
시낭송 : 박순애

4장 위로의 맛

QR 코드

스마트폰으로 QR 코드를 스캔하면
시낭송을 감상할 수 있습니다.

제목 : 그대의 별

시낭송 : 박영애

1장 가슴에 피는 꽃

아침 햇살 받은 잎새는 눈 부셔오고
잠자던 어린 연꽃 아침을 녹여갑니다

꽃잎마다 밤새 그리움으로 쌓였던
조각들 활짝 바람결에 피어납니다

향기 나는 사람

관대한 맘으로 모든 걸 비우고
따뜻한 미소로 평온을 나누며
겸손한 마음으로 몸을 낮추니

푸른 하늘에 꽃구름 흘러가고
꽃향기 그윽한 이 땅이 좋아라

청년은 잎에서 향기가 보이고
중년은 꽃에서 향기 내뿜으며
노년은 뿌리에서 향기가 나네

구수한 차 한 잔에 나눈 담소로
입에서 아름다운 향기가 나듯
그윽한 커피 향기에 행복 주네

연꽃 피우며

깊은 수렁 속에 빠져 어둠의 창살 안에
차가운 기온 느끼며 내공을 쌓고 있네

땅 깊은 물 속의 포근한 온기 받으며
넓은 큰 잎으로 그늘을 만들어주었지

녹록한 세상을 밝은 햇살 받아가면서
시궁창 아래 맛있는 연뿌리 익어가네

바람에 그대 고운향기 실어 내 마음
산천을 타고 마음 전하러 가고 싶네

따스한 햇볕에 설레는 가슴 담아서
아지랑이 피어나는 미소 꽃에 담네

오묘한 사랑의 굴레 속으로 살짜기
마주한 당신의 뜨거운 눈빛을 받네

초록의 향연

강둑 따라 푸릇푸릇 새싹으로 돋아나며
산수유 노란 가지에 꽃망울이 도톰하네

냉이와 달래는 깊은 뿌리에 향기 오르고
포동포동한 강가 버들강아지 싱그럽네

눈 밝은 매화나무 봄기운에 꽃잎 피우고
주홍빛 아련한 동백꽃 푸른 잎에 쌓였네

바람에 넘실대는 유채꽃 샛노랑 물들고
청보리밭에 초록의 향연 넓게 펼쳐가네

분홍빛 향기

겨울 한파에 거센 바람 맞으며
싱그러운 봄나물 푸르게 움트리

인내와 끈기로 묵묵히 침묵하고
기다리며 파릇한 새봄이 오리라

봄바람 살랑살랑 따뜻한 온기로
봄 향기 아련히 떠오르며 오네

설렘으로 푸른 하늘 맑은 햇살이
분홍빛 향기를 전하는 날이라네

시리도록 불어대는 북풍한설에
매화가지 마다 꽃망울 피우네

애증의 강가

기다림 속에 피는 고뇌의 꽃은
그리움을 견디며 향기가 난다

붉은 동백 정열로 꽃을 피우고
복수초의 환희가 용솟음 친다

뜨거운 심장 정열의 순간이여
애증의 강가를 홀로 걸어간다

봄꽃들이 향기를 가득 담아도
무겁지 않은 하늘을 날아간다

물안개 피어나는 호수의 오름
임의 천사되어 햇살에 녹는다

산기슭에 잉태하는 봄꽃의 향기
내 마음속 깊게 스며들어 온다

청아한 이슬

청아한 이슬로 맑은 미소 짓는 봄날에
우리 예쁜 사랑 함께 나누면서 갈까요

지치면 쉬어가고 가파르면 둘레길로
향기 없는 봄꽃이라도 관심 가져봐요

외로워지면 사랑을 먼저 표현해보고
아름다운 향기 피워 당신께로 갈께요

한기 넘치는 양지바른 언덕의 봄동들
따뜻한 햇볕에 녹색 사랑 꽃 피어요

세월 속에 묻어둔 추억 찾아 들판으로
둥지 튼 아름다운 친구 만나러 가네요

분홍빛 입술

봄은 지고지순 사랑의 향기로
희망의 싹이 파릇하게 피운다

부풀어 오른 달구어진 마음이
뜨거운 전율로 온몸을 휘감네

꿈틀거리는 지면 뚫고 나오는
땅속에서 잉태한 봄을 알린다

너의 얼굴 보고 싶어 가려는데
너는 보이지 않고 남이 보이네

찡그린 얼굴 화내는 모습 위에
분홍빛 입술 사랑에 불태운다

제 빛깔로 피어가는 봄꽃들의
화려한 향연에 나비들 춤춘다

물빛 고을

따뜻한 봄기운에 새싹들은 앙상한
가지에 새순이 파릇하게 돋아요

그대가 사는 고향으로 물빛 고을
그리움에 찬 이슬로 살포시 앉네

그대 지나가는 길 언저리 이슬에
속 채워 소담스럽게 핀 들꽃이여

마음은 오늘도 그대 곁에 찾아가
살짝 미소만 남기고 떠나 오련다

싸늘한 아침이슬 머금고 갈증에
속 타던 봄동들 곱게 꽃을 피우네

봄기운에 대지의 식물들 힘차게
동면에서 깨어나 새싹들 피우네

꽃봉오리

계절의 변화 속에 훈풍이
솔솔 불어오니 봄이더라

얼어있던 동토는 요동치며
춘삼월 녹여가며 오더라

두껍게 입은 옷 벗어버린
욕망에 맺어진 첫사랑이여

노랗게 물들어간 산수유
잉태하며 꽃을 피워주네

꽃피고 사랑으로 맺어진
인연에 맺어진 벗이라네

봄은 온산들 꽃봉오리로
다시 찾아가는 마음이라

벌과 나비들 사랑의 쉼터
인연 따라 정겨움 나눈다

아침 햇살

청아한 그대 사랑은 수줍어하는
사랑 꽃 피어 향긋한 향기 피어요

부드럽고 정감 느끼게 하는 딸기
겨울 입만 돋구워 식감에 반해요

당신의 미소에 반짝이는 눈빛은
아침 햇살에 빛나는 이슬이네요

상큼하게 씹히는 달콤한 딸기 맛
내 가슴속에 피는 사랑 꽃이에요

봄버들 흘러가는 물소리 들으며
봄 햇살에 다정히 친구 되어 주네

다정다감한 고운 말들 받으면서
이야기꽃 향기로 가득 피어나요

꽃향기

꽃의 향기로 벌과 나비를 부르고
봄비 맞으며 초목들 새순 피우네

향긋한 꽃향기 피는 산과 들에는
봄을 즐기는 새들 신나게 춤추네

동백꽃 목이 꺾여 외로운 사랑에
향기 없는 장미꽃 더 부러워하네

말의 향기에 피어 나는 웃음꽃에
미소 머금은 당신의 얼굴 좋으네

연분홍 진달래꽃 사랑 곱게 피워
무지개 빛 행복 하늘로 날아가네

따뜻한 미소

당신은 그리움의 블랙홀이라서
차가운 바람 불면 더 초연해집니다

비바람에 살짝 더 추위 느끼면서
당신의 따뜻한 관심 기다려집니다

바람에 나부끼는 낙엽들 이리저리
뒹굴며 날아가는 모습에 슬퍼집니다

스산한 찬바람이 온몸으로 느끼며
따뜻한 차 한잔 먹고 싶습니다

당신을 볼 때는 항상 따뜻한 봄날이듯
다정한 미소 기다려지는 계절 왔나 봅니다

그대만을 사랑

긍정의 힘은 충전하고
부정의 힘은 발산해요

피곤한 낮의 끝자락은
곱게 접어 그대 가슴에
살포시 담아 가면서
편안한 저녁 맞이해요

산골짜기에 활짝 피는
산수유 꽃의 깊은 향기
산기슭 언저리 머물며
벌과 나비를 기다려요

사랑하는 그대의 미소
따뜻한 행복을 느껴요

봄 마중하는 기쁜 마음
동백꽃들의 깊은 사랑
행복한 즐거움 느껴요

사랑은

사랑은 섬세하고 포근하면서
부드러운 솜털같이 따뜻해요

잡을수록 잡히지 않는 물처럼
바람처럼 쉽게 빠져가 버려요

작은 바람에도 쉽게 흔들리며
훈풍으로 다가오는 벗이 돼요

작은 것들이 모여 깊이와 양을
알 수도 없는 무상의 사랑이요

뜨거운 삶의 부드러운 흔적이
부드럽고 달콤한 향기로 와요

모래알 흔적과 같이 사라지며
허망하고 그리운 파도랍니다

꽃양귀비

애잔한 그리움으로 가득하여
고요히 흐르는 냇가에 피었다

멋쩍은 미소에 중년들 눈길에
향기 없는 고운 꽃에 시선 간다

불꽃같은 색깔에 사랑의 정열
불태우는 당신 곱게도 피었다

아침이슬에 고개 숙인 그대의
수줍은 모습에 내 마음 반한다

한 송이 아름다운 당신의 자태
심금 울려주고 미련 없이 간다

싱그러운 꽃 내음에 주저앉아
그대 옆에 꽃양귀비가 피었다

연꽃 피워

아침 햇살 받은 잎새는 눈 부셔오고
잠자던 어린 연꽃 아침을 녹여갑니다

꽃잎마다 밤새 그리움으로 쌓였던
조각들 활짝 바람결에 피어납니다

안개 낀 새벽녘 물방울에 비쳐 보이는
아름다운 그대의 미소를 바라봅니다

당신의 마음을 환하게 비추는 안색들
청정수에 피어 하늘을 품고 싶습니다

아름다운 연꽃 피워서 호젓한 자태로
당신을 기다리는 날들이 행복합니다

부도난 사랑

비가 눈물이 되는 슬픔이 가득한
하루 어디선가 아픔을 울부짖네

활짝 핀 꽃들도 비에는 슬퍼하며
바람에 소리 없이 떨어져 밟히네

돈도 명예도 건강 앞에는 후순위
부도난 사랑을 쫓아가지 말아요

왠지 모르게 기쁨보다 슬픔으로
가득 찬 가랑비 맞으며 걷고 싶네

꽃들은 따뜻한 봄을 그리워하나
땅속 나무들은 빗물에 생기 찾네

사랑꽃

우두커니 정신적 혼란에 빠지면서
하늘에 떠가는 구름에 내 몸 맡긴다

혼자서만 수심에 젖어 어둠 속으로
외로이 무언의 약속에 늙어 갑니다

당신 모르게 그대를 사랑하였건만
제 홀로 지는 해를 보며 훌쩍입니다

흔들리지 않는 사랑 꽃 어디 있으랴
그대에게 던진 말 한마디 찬바람이다

싸늘하게 얼어붙은 그대 마음 안에
하얀 눈송이로 곱게 피었으면 합니다

그리움

기쁨으로 만난 인연도 사랑 안에서 열고
슬픔으로 만난 인연도 사랑 안에서 푸네

봄꽃 향기에 벌과 나비들 춤추며 날아와
기쁨의 입맞춤으로 내 마음을 표현하네

초원을 달리는 꽃사슴 아름다운 사랑에
하늘 구름 출렁이듯 푸른 잔디를 품어요

하얀 눈송이 푸른 마음 겨울 꽃잎 위에
예쁜 사랑 향기에 실어 당신에게 보내요

제목 : 그리움
시낭송 : 김지원
스마트폰으로 QR 코드를 스캔하면
시낭송을 감상할 수 있습니다.

그리움의 꽃물

꽃 편지 예쁜 글씨로 그대에게 내 마음을
연초록 엽서에 긴 동면의 그리움 적어요

계곡에 흐르는 낙숫물은 겨우내 얼었던
그리움의 꽃물 되어 한없이 흘러내려요

꽃피는 봄날 아지랑이 곱게 피어오르듯
꽃피울 사랑 내 그리움 그대에게 전해요

받은 사랑 나누며 기쁨을 주는 벗님 되어
단비로 그대 몸속 깊이 스며들고 싶어요

그리운 향기

새벽이슬로 맺힌 영롱한 물방울
상쾌하고 싱그러운 아침 열린다

동녘 하늘 불타오르는 지평선위
고요한 아침이 힘차게 밝아온다

따사롭고 눈부신 아침 햇살처럼
부푼 가슴 품에 안고 하루를 연다

정겹게 사랑 나누는 바다 갈매기
모래사장 뒹굴면서 스킨십 한다

달콤한 대추 향기 스며든 차 한잔
그리운 향기 그대와 함께 마신다

순결한 사랑

패랭이꽃 피는 정원에는 순결한
사랑 주고 받으며 따뜻한 햇볕에
수줍은 입술 새빨간 꽃 피어있네

장미꽃 봄바람에 나부낄 때 마다
봄 처녀의 볼그레한 화색 돌았네

양귀비꽃 은밀하게 숨어 있어도
녹색의 풀숲 속에 곱게 피어있네

강가에 무성히 피어있는 꽃에는
노란 색깔로 들판을 덮어가네

덩쿨장미 곱게 피어있는 동네마다
붉은 꽃 친구들 만개하여 웃으네

동백꽃 속앓이

그대의 미소가 반짝이는 파도에
눈가를 맴돌며 빛나는 날입니다

출렁이는 파도가 그대 목소리로
귓가를 아련히 맴돌고 있답니다

빨갛게 봉오리 맺은 동백꽃에는
오랜 속앓이 붉게 멍들었습니다

당신의 향기를 듬뿍 담아오려니
속 좁은 가슴 아쉬움만 남습니다

봄을 기다리는 동백꽃 그리움은
한 겨울도 참아내며 꽃피웁니다

행복텃밭

눈밭에 뿌려진 하얀 백설
추억 그림을 그려봅니다

생각만 해도 입가에 미소
가득 넘치는 모습 그려요

언제나 아름답고 순박한
소나무 꽃 하얗게 피어요

함께 하면서 생기 넘치는
연인 같은 친구가 되어요

아름다운 인생길 만들며
행복 텃밭을 가꾸어가요

사랑꽃 피우며 오손도손
정겨운 얘기 나눠봅니다

내 사랑

호수에 반짝이는 은빛 물결
눈부신 사랑으로 고백하네

잔잔히 피어나는 물보라 꽃
잔물결에 노는 물고기 떼들

달빛 속에 고이 잠든 그대의
숨소리 여기까지 들려오네

친구 찾아 달빛 속을 헤엄쳐
아름다운 물 좋은 곳 찾으니

부드러운 물속의 사랑받아
한평생을 내 사랑 이루리라

당신 모습

살랑살랑 꽃향기로 찾아오고
봄바람이 사랑을 실어 온다

흔들리는 내 마음 알아주듯
그리움에 친구 되어 오련다

양지바른 산 아래 아지랑이
남실남실 바람결 따라 온다

가슴 설레는 그대의 마음
속삭이는 당신의 모습 좋다

동백의 꽃망울 터질 듯 부푼
내 가슴도 사랑으로 터진다

당신을 사랑하여

나의 빈가슴에 당신의 고운숨결이
울리는 포근한 맘으로 채워갑니다

새하얀 겨울 속 찬바람에 숨죽이며
포름한 잎새로 노란 귤 익어갑니다

따뜻한 아메리카노 한잔 마시면서
얼었던 육신 사르르 녹아내립니다

소복이 쌓여있는 그리움의 기억들
나뭇가지 위로 하나둘 쌓여갑니다

남모르게 당신을 사랑하여 꽃피고
향기를 뿜으며 그대를 찾아갑니다

노스텔지어

달이 춤추는 은빛 물결
물가에 곱게 핀 억새꽃

거리에는 낙엽 쌓이고
내 맘은 그리움 쌓이네

찬비 내리던 못난 비도
떠오른 햇살에 떠나네

슬픔과 기쁨의 아련한
내 고향의 노스텔지어

저녁에 떠난 불 밝힌 배
만선의 기쁨으로 왔네

꽃은 피어날 때 향기를
토해 존재감을 알려주네

피 토하는 단풍의 아픔
이별의 슬픔을 뒤로 하네

세월

노를 젓다가 노를 놓쳐버리니
비로소 넓은 물 깊이를 알겠네

몸은 머물고 마음은 세상으로
날아 자연을 벗님 삼아 즐기네

만남이라는 연으로 함께 흘러
계곡의 물이 모여 강물이 되네

산과 들에서 불어오는 바람들
함께 모이면 힘차게 불어가네

따뜻한 햇볕 향기에 흥겨워서
쌓인 스트레스 불태워 기쁘네

수많은 인고 끝에 값진 진주가
얻어지듯 세월 속에 꽃이 피네

2장 사랑의 홀씨

달빛 품안에 내 마음 실어 두둥실
정처 없이 떠나가는 그리운 별이라

어여쁜 그대 눈빛 하늘에 수놓으며
당신 마음 내 심장을 뜨겁게 달군다

참 좋은 당신

생기 넘치는 화창한 날씨
맑은 공기 산천에서 피네

농민들의 바쁜 일손 도와
푸짐한 밥상 만들어 가네

도와주는 기쁨 머물러 주고
구걸하는 아쉬움 떠나가네

정겨운 새소리로 가는 길은
즐거운 장단에 춤추며 가네

푸른 하늘 구름 한 점 없고
웃음과 기쁨으로 가득하네

홀로 가는 인생길 힘들지만
함께 가는 동행 길은 즐겁네

산을 품으며

산능성이 따라 연분홍 꽃길
즈려밟고 산새들 노래 듣네

멀리 돌아간 산굽이길 따라
올레길로 나는 향기 마신다

산기슭 안개 속에 가려진 곳
슬픈 애환의 눈물을 흘리네

수채화 물감으로 그린 멋진
초록 물결들 출렁이고 있네

형형색색으로 온산에 핀 꽃
황홀한 모습에 기쁨 넘친다

숲속에 가려진 내 마음 보며
그 속에 안기고 싶은 경치네

순결한 마음

창가에 꽃비로 내린 순결한 마음
영원한 추억으로 새겨 만들 거예요

깊은 밤 하늘 열리는 은빛 불꽃에
반짝이는 별빛 내 마음의 꽃이에요

풀잎에 구르는 어여쁜 이슬처럼
그대의 수줍어하는 얼굴이에요

환한 미소 머금은 영롱한 눈동자
웃음 지으며 빛나는 초승달이에요

꿈많은 은하수 별세계 징검다리
고이 엮어 님 계신 마을로 가요

솔바람

달콤한 그대 향기 솔솔 불어와
차창 안 가장자리에 살짝 앉는다

하얀 마음 텅 빈 가슴 그대 생각
가득 채워 미소 한 모금 날린다

코끝에 스며드는 깊은 향기에
그대 생각으로 그리움 더한다

스산한 바람은 옷깃을 추스려
애타는 가슴 달래며 보내련다

한잔의 술잔에 시름 떠나보내
달빛에 내 마음 실어 보내련다

솔바람 부는 바닷가 출렁이는
파도 소리 복잡한 마음 담는다

순백사랑

내 영혼을 아름다움으로 꽃 피울려는
백설같은 순백사랑 그대에게 고백해요

눈 쌓인 하얀 겨울 시기하고 질투 아닌
따스한 봄 햇살로 안아주고 품어 줘요

파릇한 새싹들 돋아나는 남해의 봄기운
오늘은 실컷 사랑주고 받는 날 만들어요

시골 가는 길은 시향이 넘치는 소재들로
가득 넘쳐서 기쁨으로 온몸을 녹여줘요

머리와 입으로 하는 사랑은 향기가 없듯
진정한 사랑은 이해와 관용, 포용하래요

사랑은 머리에서 가슴으로 내려오면서
수 많은 과정을 통해 서서히 내려온데요

제목 : 순백사랑
시낭송 : 최명자
스마트폰으로 QR 코드를 스캔하면
시낭송을 감상할 수 있습니다.

43

봄바람

햇살에 피어오른 물안개
천사되어 하늘로 오른다

봄바람 하늘 아래 강산을
품으며 향기로 덮으련다

산수유 첫사랑의 결실이
아름다운 꽃으로 피운다

연초록 새싹들 살랑살랑
임의 향기 싣고 흔들린다

꽃봉오리 붉게 익어가며
속살 드러내듯 피어난다

땅속 꿈틀거리는 생명을
그대의 사랑으로 피어라

버들강아지

시냇가 버들강아지 봄의 전령사
다소곳이 양지바른 물가를 지키네

물소리로 노래곡 만들어 온종일
물 장단에 맞춰 즐거운 노래하네

음정 박자는 제멋대로 자작시에
어울린 노래 잘도 부르고 흥겹네

나비 찾아든 물가 버들강아지는
벌써 봄 향기로 가득히 채워가네

강가 꽃 정원에 은은한 향기 내며
내 가슴에도 꽃피우고 다가오네

새하얀 눈꽃 송이

얼어붙은 땅에도 봄기운 오고
내 마음 속에도 봄꽃 피고 있다

봄을 기다리는 간절한 마음에
떠오르는 태양 빛을 기다린다

스산한 바람은 마음을 빼앗고
그리움은 희망이 싹트고 있다

만나고 싶은 그대 아지랑이로
살짝이 왔다가 슬쩍 떠나간다

나쁜 습관은 이별을 남기지만
좋은 습관은 사랑을 남겨준다

아침 햇살 받으며 그대 품 안에
새하얀 눈꽃 송이로 사랑 피운다

사랑 꽃 피우리

은은한 향기 마시며 멋진 당신과
예쁜 사랑 꽃 곱게 피우고 싶어라

언제나 곱게 피는 아름다운 당신
봄기운 받아 생기 넘쳐 나는구나

내 가슴에 봄 향기 가득히 채워서
봄 내음 실컷 마시는 계절이 왔네

양지바른 정원에 연초록 봄동들
새파란 새싹으로 봄소식 알린다

싱그러운 봄나물로 채운 밥상은
냉이국에 더 맛난 봄 내음 주네

예쁜 꽃들로 단장한 봄 길 따라
즐거운 나들이에 사랑꽃 피우네

샛강

햇살에 반사되어 빛나는 물빛 고운물결
가슴을 촉촉이 적시며 살포시 다가오네

파란 풀잎들 양지바른 곳에 피어나는
봄기운 묻어나며 밥상의 입맛 돋우네

세월 먹으며 성숙해 가는 푸른 소나무
동장군 아랑곳하지 않고 독야 청청하네

들녘 맴도는 샛강은 기름진 들판을 지켜
굽이굽이 흘러 큰강 따라 바다로 흐르네

그리운 사랑

꽃잎에 내려앉은 별빛 속삭임에
송알송알 진주 구슬 마음 꽃이라

초롱초롱 빛나는 은하수 밤하늘
우주에 반짝이는 작은 샛별이네

내 가슴 한 쪽에 점찍는 그리움에
옹달샘 마음 끝없는 사랑 꽃이라

달빛 품안에 내 마음 실어 두둥실
정처 없이 떠나가는 그리운 별이네

어여쁜 그대 눈빛 하늘에 수놓으며
당신 마음 내 심장을 뜨겁게 달군다

달콤한 사랑

시냇가 오리들 이른 아침 춤추듯
인사하며 가족사랑 기쁨 나눈다

당신의 해맑은 목소리에 기쁘고
얼었던 마음도 솔솔 녹아내려요

가슴 깊이 새겨둔 추억 가득 담아
달콤한 사랑을 채워가며 지내요

겨우내 얼었던 시냇물이 녹아서
잔물결 노래 소리에 흥이 오른다

고운시향 포근한 봄을 재촉하듯
내 마음 촉촉한 단비 되어준다

깊은 사랑

내 가슴에 이슬처럼 맑은 사랑을
품을 수 있는 당신으로 행복해요

아메리카노 커피 향을 마주하며
포근한 사랑으로 온기를 느껴요

그대가 품어주는 따뜻한 사랑에
온몸에 퍼져가는 전율을 느껴요

맑고 푸른 하늘에 실구름 그리듯
잘 조화된 한 폭의 그림 그려요

자연의 신비로움에 기쁨이 넘쳐
아름다운 강산의 절경을 품어요

님의 향기

찬바람 모진 추위에 님의 향기
연해지며 아련히 어디로 가네
봄을 기다리는 남해의 봄기운
매서운 찬바람에 한풀 꺾이네

겨울 바다 홀연히 바람에 따라
떠다니는 갈매기와 노래 불러요

은은한 차 한잔에 곱게 담아둔
그대의 향기에 몸을 녹여봐요

밤하늘 당신의 미소에 살짝이
윙크하며 구름 속에서 나오네

푸른 바다 님의 향기 설렘에
어딘가 그대를 찾으러 떠나요

뱃길 인연

출렁이는 파도 소리 바닷가 홀로
그대를 만나기 위해 기다렸지요

어둠에 반짝이는 등대의 불빛에
뱃길 인연으로 우리가 만났지요

그대는 나에게 소중한 인연으로
망망대해 지키며 언제까지 올래요

꽃처럼 피고 지는 인연이 다해도
언제나 내 영혼 불 밝혀 안내해요

동백꽃 피는 따뜻한 봄날에 오는
아지랑이 꽃 피우며 기다릴께요

행복 꽃

반짝이는 밤하늘 별빛으로 만나고
어둠속 밝히는 달빛으로 인사해요

어두운 가로등 불빛아래 짙은 안개
앞길 가리고 무작정 님께 달려가요

포근하게 달궈진 밤바람 님의 품속
따끈한 혈류가 온몸으로 흘러가네

밤하늘 아래 행복 꽃 피우기 위해
영롱한 눈빛이 밤을 따뜻하게 해요

물과 바람에 감사한 마음 전하면서
그대의 따뜻한 마음 살짜기 전해요

봄 향기의 휴일 밤을 그대와 함께
정겨운 이야기 꽃 피우고 싶어요

우단 동자

풀냄새 들꽃 향기의 싱그러움이
한가득 넘쳐나는 그리움의 계절

눈부시게 푸르른 화창한 날씨에
새소리 물소리 백색소음 즐겁다

양지바른 아늑한 곳에서 그리움
사무친 우단동자 솜털로 지킨다

근심 한가득 그리운 사람 기다린
우단동자 새빨간 사랑 꽃 피운다

빨간 립스틱 짙게 바른 처녀 꽃
어여쁜 새색시 세상 구경 즐긴다

미소꽃

밀려오는 그리움을 달빛에 묻어두고
떠올리는 그대 모습 별빛에 담아요

내 가슴 속에 머물고 있는 당신모습
눈빛에 가득 찬 그대의 모습뿐이네

산허리 품으며 먼 길 돌아오는 그대
잡으려면 흩어지는 아지랑이 같아라

강산과 하늘 보아도 온통 그대 모습
기쁨 가득한 미소 꽃으로 띄어 보내요

물과 바람 소리 그대의 다정한 음성
살포시 귓가에 맴돌다 떠나가네요

옛사랑

새파란 하늘에 그대 고운 얼굴
그리면서 만나기를 고대해요

바쁜 일상에 만날 시간 없지만
마주 보고 이야기하고 싶어요

눈빛만 보아도 마음이 통하고
짧은 대화에도 행복 느껴져요

아름다운 야경 함께 걸으면서
도란도란 이야기꽃 피어가요

언제나 당신에 대한 옛사랑을
생각하며 만나기를 고대해요

바람에 향기 나는 편지 쓰면서
물결 위에 띄워 보내고 싶어요

인생꽃

중년에 수놓은 아름다운 청춘은
꺼지지 않는 불꽃 활짝 피워가요

뜨겁지 않는 사랑의 불꽃 피워도
눈부심이 없는 따뜻한 불 피워요

젊은 청춘의 220볼트 전기보다
부드러운 100볼트로 불 밝혀요

들끓는 심장의 힘찬 요동 소리
포근한 그리움 혈관으로 흘러요

은은한 물결 소리 들으면 잔잔한
호숫가에 그대와 인생 꽃 피워요

동백꽃

잎새 골골 가지마다 오색빛깔에
아름다움 더하는 추억 되새겨요

깊은 산속 옹달샘처럼 시원하여
생기 넘치는 예쁜 봄꽃 피워요

겨울 동백꽃 눈 속에서 꽃피우며
사랑 받으려 애를 태우고 있어요

아침 햇살을 커피잔에 잔뜩 담아
그윽한 향기를 마시며 얘기해요

포근한 겨울 날씨 역동하는 하루
꽃피는 봄 준비에 바쁜 날이에요

사랑꽃

아름다운 개나리꽃 곱게 피어
가슴속 깊이 은은하게 비추어
햇살을 머금은 사랑꽃 피었네

향기는 없지만 봄의 전령사로
양지바른 언덕에 피는 어여쁜
개나리꽃 등산길 옆에 피었네

눈 내리는 겨울산 살짝 찾아와
예쁜 자태 뽐내며 어설프게 핀
그대는 어여쁜 사랑꽃이었어요

가슴 설레는 삭막한 겨울 산길
반가운 소식에 땀 흘려 오르는
산행의 즐거움에 행복 넘쳐요

구절초

긴 세월 모진 고초 겪으며
기다림이 행운이었나 봅니다

눈꽃처럼 하얀 구절초의
순결한 그대를 안고 싶어요

숨결에 아른거리는 그대
어디서 무얼 하고 있나요

단풍잎에 한 구절 시 적어
바람으로 날려 보냅니다

시향에 마음을 녹여가며
한줄 시를 적어 보냅니다

사랑이란 단어를 달구어
그대 가슴에 안기고 싶어요

능선 타고 가는 등산길은
산속 냄새 은은하게 나네요

가을 꽃길

붉은 태양에 물들어 가는 단풍들
바람에 뒹굴어 정처 없이 떠나네

가을 꽃길 살며시 걸어가며
낙엽이 아파할까 살포시 밟아요

스치는 바람도 차가움 느끼며
가을 햇살 잠시 머물어도 좋아요

아침 창가에 비친 햇살만큼이나
생각나는 그런 사람이 그립네요

마음에 녹아드는 진한 커피 한잔
아침을 함께 열고픈 그대 좋아요

풀뿌리 입맛

아침 물안개가 걷히며 짙은 에메랄드 빛을
뿜어내는 호수의 아침 물 끓는 가마솥이네

산새가 아침을 깨우고 물소리 잔잔히 들려
따스한 햇볕 동토를 녹여주는 군불이었네

몸의 미세혈관처럼 흐르는 산속의 따뜻한
물은 땅속 깊이 수맥 따라 한겨울 녹이네

겨울을 참아가는 풀뿌리 입맛 다시고 나날
보내는 따뜻한 봄날 기다리며 숨죽여 사네

달빛 친구

창가에 슬며시 불 밝힌 달빛은
내 마음을 따뜻하게 해주었지

그리움에 어두워진 내 기분을
달래 주러 여기까지 달려왔지

어두운 밤길을 힘들게 찾아온
너의 밝은 미소에 기쁨 찾았지

가슴을 파고드는 너의 푸근한
달빛에 달아오른 내 마음이네

그대와 하룻밤 함께 보내는 날
이 밤이 나의 최고의 날 되겠죠

아름다운 인생길

눈길에 놓여진 하얀 백설에 그림 그리듯
걸음걸이 마다 추억을 남기며 걸어가요

생각만 해도 입가에 미소 가득 넘쳐나며
님 곁에 속삭이며 마음을 함께 나누어요

늘 편안하게 함께함에 힘이 되어 주며
생기 넘치는 연인 같은 친구해 주셔요

아름다운 인생길 만들며 행복을 가꾸는
텃밭으로 초대하여 삶을 나누고 싶어요

구름꽃

아름답고 향기 나는 사랑 꽃으로
홀로 가는 인생길 웃음꽃 주소서

나이 들어갈수록 꽃 같은 성품에
향기를 지니고 살아가게 하소서

빈자리 그리움 채워주고 사랑할
수 있는 따스한 겨울 되게 하소서

내 마음에 사랑의 구름꽃 살포시
햇살 속에 미소 지으며 나오소서

온 세상을 하얗게 뒤덮은 구름꽃
짧고 강렬한 삶을 살도록 하소서

그대 모습

대로변의 스산한 찬바람 불어오니
내 마음에도 쓸쓸한 어둠이 내린다

바쁜 일상에 굳어버린 촉촉한 마음
그리움에 지쳐버린 눈물로 적신다

구수한 입담에 웃음 가득했던 날들
봄날에 인연 맺어 겨울에 이별한다

한 조각 잎새라도 제 역할을 다하고
붉게 물들어 제 갈길 미련없이 간다

찬 기운 맴도는 밤하늘 반짝이는 별
바라보면서 그대 모습 그리워 한다

3장 공감의 멋

영원히 동행할 수 없음을 슬퍼하지 말고
잠시 함께하고 있음을 기쁘게 생각해요

더 좋아해 주지 못하여도 노여워하지 말고
이만큼이라도 좋아해 주는 것에 만족해요

그리운 당신

보면 쑥스러워지고 보지 않으면 그리운 당신
오늘 밤은 왠지 내 마음에 불이 났습니다

밤하늘 반짝이는 별빛 길 따라 찾아가면
당신은 내 맘 모른 채 어디로 떠나갑니다

한 잔의 술로 내 마음을 달래주는 이 밤은
달콤한 사랑에 내 심장을 불태워줍니다

식어가는 당신에 대한 사랑 불 지펴주는
당신의 애절한 목소리에 그리워집니다

눈으로 보고 마음에 와닿는 달빛 하늘은
그리운 사랑에 내 심장을 달궈갑니다

간절히 보고 싶은 당신은 별빛 나라에서
못다 한 사랑 흠뻑 나누고 싶습니다

 제목 : 그리운 당신
시낭송 : 김기월
스마트폰으로 QR 코드를 스캔하면
시낭송을 감상할 수 있습니다.

우정

그대를 생각하면서 기쁨에 찬
하루가 설렘으로 시작합니다

그대의 배려에 즐거운 마음이
온종일 행복한 하루였답니다

우리의 우정 온종일 시침 따라
분침의 교감 흐르고 있답니다

오르락내리락 하는 감정들이
우정 바이러스로 치유합니다

기쁨과 슬픔을 함께 나누는
우리 우정은 영원 불변합니다

걷고 달리며 만들어가는 우정
영원한 사랑에 초석이 됩니다

구름 같은 인생

아름다운 밤하늘을 수놓아 반짝이는
별들의 애증은 밤새도록 그리워 진다

불타는 밤하늘 함께할 나의 별 온종일
찾다가 쓸쓸하고 외로움만 깊어 간다

모진 비바람도 같이 받아주고 따뜻한
햇살 나누며 성숙해 가는 친구라 한다

구름 같은 인생 하늘에 떠 있는 별처럼
반짝이는 빛으로 세월을 장식하려 한다

끝없는 하늘 길에 놓인 구름 같은 인생
하늘 새가 되어 창공을 날아가고 싶다

해맑은 하늘에 구름 한 점 없는 인생길
부드럽고 유연한 삶을 살아가고 싶다

제목 : 구름 같은 인생
시낭송 : 박순애

스마트폰으로 QR 코드를 스캔하면
시낭송을 감상할 수 있습니다.

71

그대와 나

장밋빛 열정으로 청춘의 이름표를
가슴에 달고 그리움의 꽃을 피운다

따스한 그대 눈빛은 어둠을 밝히는
동반자의 횃불처럼 뜨겁게
나를 유혹하고

외로운 인생길 아름다운 꽃길 위에
그대와 나 두 손 맞잡고
달콤한 향기 날릴 때

바람결에 흔들리는 초록빛 나뭇잎처럼
파란 희망의 보금자리
설렘으로 가득하다

봄 내음

포근한 봄의 향기 저 멀리서
운무 타고 강들 따라 날아가네

따뜻한 햇볕 속삭여 안락하게
쉼하면서 봄의 따스함 느끼네

정원은 빗물 머금고 땅속 깊이
스며든 봄소식에 바쁜 하루네

앙상한 가지들 물먹은 꽃망울
근방이라도 필듯 부풀려 있네

밝고 맑은 마음으로 상큼하게
느끼는 내음들 마시며 즐기네

빗물에 씻긴 돌자갈들 햇살에
영롱하게 반사되어 빛이 나네

논두렁길

봄꽃 같은 당신 향기 내 가슴에
여울져 설렘으로 찾아 갑니다

따뜻한 햇살 아래 용솟는 만물
생동하는 봄기운 불어옵니다

얼음 녹아 물이 스며 잔뿌리에
촉촉한 물 먹으며 생기 돋는다

가지런한 논두렁길 따라 걸어
운무 낀 산자락 아침 맞이한다

산골짜기 새벽안개 병풍 삼아
시골밥상으로 아침을 먹는다

동트는 새벽 고요한 산길 따라
정결한 마음으로 너에게 간다

풀 향기

강변 풀밭에 앉아서 풀향기 맡으며
그대와 정겨운 얘기 나누고 싶어요

화창한 봄 날씨 맑은 공기 마시며
그대와 이야기로 웃음꽃 피워가요

함께 하기에는 너무 멀리 있는 그대
은은한 봄 향기에 내 마음 보낼께요

토끼 꽃 뜯어 예쁜 꽃시계를 만들어
그대 손목에 살짝 채워주고 싶어요

날마다 그대를 끔찍이 그리워하며
애타는 마음 봄 향기에 묻고 싶네요

산사의 울림

고즈넉한 산사의 울림은
목탁 소리 계곡을 품는다

숲속에서 메아리로 들려
산등성이 타고 넘어온다

그대의 감추었던 외로움
구름 타고 흘러 스며든다

하얀 백설로 나무꽃 피워
울적한 내 마음 달래준다

고요한 그리움 날아오고
새소리 장단 맞춰 춤춘다

따뜻한 장작불 손발 녹여
몸 녹이며 온기 돌고 있다

구들방에 훈기 돌아 밤새
이야기꽃 피우며 보낸다

동백의 미소

파릇한 봄의 소리도 눈으로 들으려니
봄이 내 옆에 와서 기다리고 있나 봐요

예쁜 모습 눈에 남고 멋진 말은 귀에
남지만 따뜻한 베풂은 가슴에 남아요

연두 빛에 물오른 강가의 버들강아지
바람에 살랑살랑 춤추며 나풀거려요

한겨울 이겨낸 초록빛 잔디 새싹들이
따스한 햇볕에 수줍은 고개 내밀어요

해맑은 청명한 하늘에 포근한 햇살로
향긋한 봄 냉이 파릇하게 돋아 나와요

볼그레한 꽃망울 터뜨린 동백의 미소
바닷가의 처녀 눈웃음으로 반겨주네요

향기로운 삶

고운 자태 뽐내는 정열의 꽃
하트 꽃잎 옹기종기 모였네

아침 햇살에 비친 이슬 먹은
진주빛 유리구슬 영롱하네

은은한 향기 나는 들풀들의
속삭임들 생기 넘쳐 보인다

고운 햇살을 뚫고 내리쬐는
따가운 햇볕으로 광합성 한다

멋진 인생은 향기로운 삶의
땀방울 흘리며 보람 찾는다

긍정의 힘으로 행복한 미소
너울너울 춤을 추는 하루다

함께해요

영원히 동행할 수 없음을 슬퍼하지 말고
잠시 함께하고 있음을 기쁘게 생각해요

더 좋아해 주지 못하여도 노여워하지 말고
이만큼이라도 좋아해 주는 것에 만족해요

나만 애태운다고 원망 말고 아름다운 사랑
영원히 할 수 있음에 감사하게 생각해봐요

주기만 하는 사랑이라 지치지 말고 더 많이
줄 수 없음에 마음이 아파함을 알고 있어요

남들과 함께 즐거워한다고 질투하지 말고
그의 기쁨이라 여겨 함께 기뻐할 줄 알아요

이룰 수 없는 사랑이라 일찍 포기하지 말고
순백의 사랑을 오래 간직할 수 있어 좋아요

그대 가슴

동장군의 심호흡 날선 검 되어
따뜻한 마음으로 녹여버려요

겨울꽃 피는 날에 그리운 님과
사랑의 돛단배로 여행을 가요

그대 가슴을 따뜻하게 적셔줄
사랑차가 금방 배달하였네요

당신과 따뜻한 온기 나누면서
차가운 겨울 즐겁게 잘 보내요

당신의 따스한 눈빛이 내 가슴
깊숙이 스며들어서 뜨거워요

따뜻한 미소

당신은 그리움의 블랙홀이라서
차가운 바람 불면 더 초연해집니다

비바람에 살짝 더 추위 느끼면서
당신의 따뜻한 관심 기다려집니다

바람에 나부끼는 낙엽들 이리저리
뒹굴며 날아가는 모습에 슬퍼집니다

스산한 찬바람에 온몸으로 느끼는
따뜻한 차 한잔을 먹고 싶습니다

당신을 볼 때는 항상 따뜻한 봄날이듯
다정한 미소 기다려지는 계절 왔나 봅니다

사랑은

사랑은 섬세하고 포근하면서
부드러운 솜털같이 따뜻하네

잡을수록 잡히지 않는 물처럼
바람처럼 쉽게 빠져가 버리네

가는 바람에도 쉽게 흔들리며
훈풍으로 다가오는 벗이 되네

출렁이는 바다의 깊은 사랑은
밀물과 썰물 되어 흘러간다

힘든 삶의 고독에 사무친 흔적
부드럽고 달콤한 향기로 온다

모래알 흔적과 같이 사라지며
허망하고 그리운 이별을 한다

여유로워라

바람결에 이리저리 실랑이는
코스모스와 전후좌우 세상을
누비는 잠자리의 여유로움에
잠시 푹 빠져보는 시간입니다

세월의 흐름에 동행하면서
천고마비의 계절을 즐기며
과일이 풍성하게 익어가는
결실의 계절이 찾아왔습니다

하루하루 채워가는 삶에서
행복과 불행을 오가는 여행길
즐겁고 신나는 날들이랍니다

고향 향기

얼어 버린 구름도 하늘을 덮어
근방 눈이라도 내릴 듯 하네요

그리움들이 스멀스멀 괜스럽게
어두운 하늘에 그대가 생각나요

향기 나는 차 한 잔에 추억담아
소꿉놀이 하던 시절로 빠져보네

찬바람 속에 푹 덮어쓴 빵모자에
해맑게 웃던 코흘리개 친구였네

그윽한 고향 향기 아련히 떠오른
중년의 시절 설렘으로 다가오네

마음의 빗질

소복 쌓인 눈꽃 송이 이슬보다
더 맑은 예쁜 추억 되게 하소서

온갖 잡동사니로 얼룩진 마음이
정갈하게 내 마음의 빗질하소서

그대의 그리운 향기가 은은하여
아름다운 눈꽃 송이를 전하소서

만남과 헤어짐의 기쁨과 슬픔이
고요히 가슴을 밟고 찾아오소서

따스한 차 한 잔에 마음을 담아서
정겨운 얘기꽃을 나누게 하소서

인생길

아름답고 향기 나는 사랑 꽃으로
홀로 가는 인생길 웃음꽃 주소서

나이 들어갈수록 꽃 같은 인품의
향기를 지니고 살아가게 하소서

고운 글에 향기 나는 저녁 밥상은
즐겁고 따뜻한 행복 밥상 되소서

빈자리 그리움 채워주고 사랑할
수 있는 따스한 겨울이게 하소서

그대 음성

산 넘어 저 산에 걸친 햇살로
추위 녹아내려 찬기운 주네

마음이 머문 자리가 정겹고
고운 마음 고이 간직하련다

행복한 울림 그대의 음성이
메아리 되어 잔잔히 들린다

창가에 비친 벽화 속의 얼굴
냉정과 열정이 번뇌로 온다

음악과 영상에 내 마음 띄어
허전한 마음 달래며 채운다

쉼 없이 춤추는 파도에 조약돌
비비고 안아주며 사랑 느낀다

그대

시리도록 차가운 푸른 하늘을
두 팔 벌려 한 아름 안아 주셔요

그대를 생각하면은 기쁨으로
하루가 설렘으로 시작합니다

그대 마음으로 좋아진 기분도
그대 마음에 슬퍼지기도 해요

입이 꽃처럼 아름다워야 말도
꽃처럼 고까운 말이 나오리요

찌푸린 그대의 모습일지라도
밝은 미소 하얀 햇살 주셔요

살갑게 흐린 날씨 따스한 말로
정겨움 오가는 말로 나눔 해요

삶의 간절함

마음이 그리운 한겨울 눈 오는 날에
찬 바람도 따뜻한 훈풍으로 느껴요

산기슭 골짜기 양지바른 언덕에는
봄기운 느끼는 새파란 풀잎 돋아요

모진 풍파 받을수록 뿌리는 강해져
속 푸른 잎사귀로 햇살 모아 받아요

눈비 오는 날에는 생명수 고이 모아
메마른 한겨울 목만 축이며 살아요

들판의 풀 한 포기라도 삶의 간절함
느끼게 하는 그리움에 버금가리요

별 같은 인생

공기 좋고 풍광이 함께 하는 아름다운
정원에 꽃씨 뿌려 꽃향기 맡고 싶어요

밤하늘에 수많은 별 중에 내 마음의 별
당신을 만나 예쁜 사랑할 수 있어 좋아요

아름다운 밤하늘을 수놓아 반짝이는
별들의 애타는 그리움은 밤새 빛나요

좋은 벗으로 늘 가까이에서 동행하는
밤하늘에 떠 있는 별같은 인생이래요

구름같은 인생 하늘에 떠있는 별처럼
반짝이는 별빛으로 세월을 장식해요

정겨움 가득한 예쁜 꽃씨를 뿌려두고
시심 깊은 아름다운 시로 꽃을 피워요

햇살여행

한 조각 낙엽 되어 그대 곁에
사뿐히 내려앉아 숨결 느껴요

감동에 벅찬 하루의 선물로
기쁨에 넘치는 시간 보내요

햇살 여행으로 산과 들 지나
가을 바다 출렁이는 곳에 가요

그리움으로 물든 강산에는
정염의 기운이 맴돌고 있어요

맑은 공기와 단풍으로 포장된
아름다운 선물 듬뿍 받아가요

내 가슴도 어느덧 붉게 물들고
붉은 잎사귀들 춤사위 추네요

깊은 밤

해는 서산으로 넘어가고
수온 등으로 불을 밝혀요

쌀쌀한 찬 밤공기로
손과 발을 시리게 해요

날씨가 차가울수록
가을밤의 달은 선명해요

기온이 떨어진 밤이지만
마음만큼은 더 따뜻해요

두둥실 떠가는 달빛은
고독한 내 마음을 비춰요

이슬 속에 우는 귀뚜라미
나의 빈가슴을 슬프게 해요

싸늘해진 깊은 밤 보내며
그대의 아픔을 생각해봐요

아쉬운 여운

낙엽이 쌓이는 이 가을 향기에
취해 지난 추억을 불러보네요

바람을 안고 날아온 달콤함을
속삭이는 별빛에 띄워 보내요

떨어지는 낙엽들 말하듯이
이별은 또 다른 만남 만들어요

시월의 마지막 날을 보내려는
아픔이 무척 쌀쌀하게 느껴요

왠지 아쉬운 여운이 남은 하루
시월의 마지막 날이 아쉬워요

수줍어하는 노을

노을의 아름다운 언덕이
하늘을 품으며 누워있네

붉게 물들어간 바닷물에
빛나는 노을의 색깔이네

지는 해는 마을의 언덕에
붉고 불태워 가고 있어요

햇빛에 무지개가 빛나고
황금빛 바다 데우고 가요

둘레길 수은등 단아하게
노출된 사랑길 걸어가요

수줍어하는 노을을 품고
포근한 밤을 찾아 가요

당신이란 걸

그대의 마음을 녹여주고픈
따뜻한 꿀차 한잔 배달해요

서로 사랑하고 이해하면서
좀 더 따스한 맘으로 살아요

여울져오는 그대의 고운 맘
꽁꽁 얼어있는 호수 녹여요

생각만 해도 기분 짠해지는
사람이 당신이란 걸 알지요

만나면 기쁘고 함께 있으면
더 좋고 헤어지면 그리워요

그대와 함께라서 찬바람도
뜨거운 마음의 훈풍이래요

산울림

달빛 속 떨어지는 저 별 하나
만남이 급해 달려가려 하나요

아득히 먼 그리움 하나 스쳐
지나간 추억 속에 묻혀가요

내 마음에 피어나는 꽃밭에
사랑꽃 향기 바람에 실어요

산속 뻐꾸기 그리움 달래며
깊은 산울림에 벗을 찾아요

바람에 흔들리는 나무들과
구름 따라 내 마음 떠나가요

푸른 녹색 들판에 구름 되어
산허리 감싸 안으며 떠나요

4장 위로의 맛

이야기 들어주고 함께 먹으면서
같이 웃어주고 같이 슬퍼하는
벗이 한 명이라도 옆에 있다면
그대는 진짜 행복한 사람이라요

메아리

사랑할수록 행복이 넘치고
사랑만큼 아픔도 함께하네

돌아서면 미움만 남을진데
미움 속에 그리움 함께하네

폭풍이 지나간 자리 뒤에는
맑은 하늘 고요히 평화롭네

꽃샘추위 찬바람에 움츠리니
포근한 봄기운 기지개 펴네

온몸 던져 한세상 봉사해도
아직은 메아리 인생뿐이네

척박한 땅에 피는 아름다운
꽃은 향기가 깊고 오래가네

인연

참 좋은 인연이라는 이름으로
당신과 함께라서 행복합니다

그대의 새하얀 마음이 은은한
커피 향처럼 떠오르게 합니다

아름다운 스토리로 밤새 내린
눈이 예쁜 추리가 되었습니다

소중한 아름다운 참 인연으로
당신을 만나 정말 행복합니다

일상의 대화를 나누며 웃을 수
있었어 멋진 인연이라 합니다

삶의 감초

술이 나를 취하도록 하는 것이 아니라
내가 스스로 술에 취하게 되어 가려네

기쁨과 슬픔이 교차하는 내면 세상으로
그대의 마약 같은 사랑에 깊게 빠지네

그대의 미소가 매혹 시키는 게 아니라
당신의 마음씨에 매혹되어 가는구나

세상의 모든 일은 바라는 대로 못가나
긍정의 마인드로 제 갈 길을 가려 하네

인간이 바다에 빠져 죽는 숫자보다는
술잔에 빠져 죽는 숫자가 더 많구나

즐겁게 마시는 술은 아픈 병도 고치는
삶의 감초로서 친구 같은 음식이라네

주막촌

달빛 내리는 허름한 주막촌
막걸리 한잔에 시름 달랜다

나만의 사랑이 달빛에 젖어
물들고 있는 내 마음 적신다

밤 야경을 뜨겁게 불태우는
사랑 넘치는 달밤을 걷는다

밤 기온을 따뜻하게 데워줄
술 한잔 마시며 속을 데운다

너의 눈빛에 너의 향기까지
뜨거운 사랑 불태우고 싶다

찬바람 맞으며 온종일 걸어
피곤함에 지친 몸 술로 달랜다

내 마음의 그리움

당신을 사랑하는 사람이라도
행복한 날은 얼마 되지 않지만
마음 한쪽에는 그리움에 아파
온종일 하늘을 바라본답니다

추우면 햇살이 그리워지듯이
그리움에 녹아드는 시간들이
있음에 감사하고 모진 고초를
함께한 은혜 잊지 않겠습니다

잊혀가는 추억들 달빛을 보며
찬찬히 되새겨볼 시간 찾으러
초롱초롱 반짝이는 저 별빛에
내 맘의 그리움 찾아가렵니다

밤새 사무친 그리움에 젖어서
뜬눈으로 별을 보며 달무리에
그대의 고운 향기 바람에 실어
떠오르는 햇살에 태우렵니다

삶의 보금자리

드넓고 드넓은 이 세상에서 당신을
알게 된 것은 너무나 큰 행운아입니다

늘 동행하면서 속삭여주는 미소로
소리 없이 옆에서 지켜보고 있습니다

칭찬과 격려로 차려진 잔칫상 위에
단둘이 주고받는 웃음꽃 넘쳐납니다

내 심장을 뛰게 하는 따뜻한 말들로
무엇과도 바꿀 수 없는 선물입니다

그러한 당신과 함께하면서 행복한
삶의 보금자리 만들어가고 싶습니다

빈 마음

받아서 채워가는 냉가슴보다는
주어서 채우는 온 가슴되게 하소서

나무의 높이보다 깊은 뿌리처럼
강한 생명에서 시련을 이기소서

나이 들어갈수록 꽃 같은 인품의
향기를 지니고 살아가게 하소서

소유가 아닌 빈 마음으로 당신에게
오래도록 주는 사랑이 되게 하소서

즐거운 인생길

세상만사 내 마음대로 되지 않아도
그렇고 그런 세상 그런대로 보내세

속은 채워가며 마음은 비워가면서
고통을 겪으며 의젓하게 살아가세

메마른 마른장마에 애타는 농민들
폭우로 물난리에 걱정하는 시민들
어느 장단에 울고 웃으면서 살까요

바람 부는 대로 물결치는 대로 가는
즐거운 인생길 함께 만들어 갈까요

삶의 간절함

그리운 마음에 한겨울 눈 오는 날은
찬 바람도 따뜻한 훈풍으로 느껴요

산기슭 골짜기 양지바른 언덕에는
봄기운 느끼는 새파란 풀잎 돋아요

모진 풍파 받을수록 뿌리는 강해져
속 푸른 잎사귀로 햇살 모아 받아요

눈비 오는 날에는 생명수 고이 모아
메마른 한겨울 목만 축이며 살아요

들판의 풀 한포기라도 삶의 간절함
느끼게 하는 그리움에 버금가리요

휴식

대나무가 자랄 때 중간에 마디가
형성되는 시기는 유난히 더디다

마디는 주춧돌처럼 가늘게 높이
올라가려는데 큰 버팀목이 된다

높은 산을 오르려면 적절한 곳의
휴식은 더 높게 오래 갈 수 있다

남들보다 뒤처짐을 불안해하거나
순간의 멈춤을 두려워하지 말자

더 멀리 이정표를 향하여 달리며
적절히 목을 축이는 휴식을 하자

행복

이야기 들어주고 함께 먹으면서
같이 웃어주고 같이 슬퍼하는
벗이 한 명이라도 옆에 있다면
그대는 진짜 행복한 사람이라요

아름다운 사랑을 주기 위해서
밤낮을 수분 공급에 노력하는
나무들의 모습에서 배워 가며
향기 나는 즐거운 날 만들어요

음악은 삶의 활력소를 나누는
힘의 에너지원으로 가까이에
있는 벗들과 좋아하는 음악을
들으며 행복한 날 만들어가요

커피 한 잔

지금 함께 마시는 커피 한 잔에
내 마음을 그대로 담았습니다

쓰면 그리움을 좀 더 태우고
달면 내 슬픔을 태우겠습니다

그윽하고 달콤한 커피 향기에
즐거운 하루 되었으면 합니다

행복하고 슬픈 마음을 나눌 수
있는 그런 친구가 필요합니다

장마에 가뭄 씻어주고 뜨거운
열기 빗물에 담아 흘러갑니다

그리운 벗

어둠에 시원한 저녁 날씨가
이제는 더 좋아지게 되었네

한낮의 폭염은 나무 그늘이
그리운 벗을 만난 기분이네

시원한 저녁 술 한잔에 기분
최고가 되는 짧은 만남이요

스쳐 가는 인연에 감사함을
전하는 포근한 좋은 날이네

아늑한 밤 기온에 들려오는
숨소리 달밤에 귀 기울이네

풀잎 내음 저 멀리서 그리움
한 보따리 메고 찾아 왔네요

청년 소나무

산골 깊은 산사의 새소리 듣고
편안한 숙면으로 쉼하고 싶다

힘들고 어려웠던 지난날 거친
기억을 산속에 묻어두고 싶다

고요한 자연의 부드러운 호흡
뱃속 깊이 들여서 마시고 싶다

눈 덮인 산사에 목탁 소리 듣고
불타는 가슴 평온을 주고 싶다

마음속 울타리 허물고 투명한
맑은 공기로 가득 채우고 싶다

영원한 청년 소나무의 기운을
듬뿍 받아 함께 달리고 싶다

당신의 품에

삭풍의 계절 하얀 눈 오는 날
그리운 사랑이 밤새 내려요

잠 못 이루는 밤 그대 생각에
내 심장 애태우는 피 흘러요

당신의 눈빛에 반하는 미소
그리움과 설렘이 가득해요

그대를 생각하고 있으려면
나도 모르게 눈물이 흘러요

당신의 품에 안겨 곤한 잠은
사랑에 깊숙이 빠져 버려요

숨 가쁘게 흘러가는 혈관은
연민 가득한 사랑물이래요

깊은 사랑

내 가슴에 이슬처럼 맑은 사랑을
함께할 수 있는 당신으로 행복해요

아메리카노 커피 향을 마주하며
포근한 사랑으로 온기를 느껴요

그대가 품어주는 따뜻한 사랑에
온몸에 퍼져가는 전율을 느껴요

맑고 푸른 하늘에 실구름 그리듯
잘 조화된 한 폭의 그림 그려요

자연의 신비로움에 기쁨이 넘쳐
아름다운 강산의 경치를 품어요

바람둥이산

어여쁜 아낙네들 멋진 색동옷 입고
이른 새벽부터 땀 흘리며 찾아오네

그대는 여인들 홀리는데 능수능란
찾아오는 여인들 매일매일 바뀌네

계곡마다 시원한 생수를 준비하고
목타는 여인의 갈증 시원히 해주네

지친 몸 쉬게 하는 카페 분위기 쉼터
예쁜 꽃 피워 그대 마음 즐겁게 하네

언제나 여인의 마음에 공감해 주어
어떤 여인들 사랑하고 싶지 않겠나

산사의 밤

사랑은 얼음처럼 강렬해져 가듯이
들판의 야생초는 유혹의 힘 강하네

아름답고 푸근한 산사의 하룻밤은
내 안의 그대가 보내준 미소였네

한적한 깊은 산속에 울려오는 신음
그리운 벗님과 흥을 돋구며 즐기네

가뭄에 비 소식은 영영 이별했는지
서운한 마음만을 주고 떠나버렸네

침묵

그대의 침묵으로 내게 다가올 때
천 마디의 말보다 그저 좋았네요

팔베개 해주는 당신의 모습에서
침묵의 속마음을 제대로 알았어요

가끔 사랑한다는 말 한마디 보다
따뜻한 손길과 눈빛이 더 좋아요

그대의 침묵 아주 많이 이해하며
영원히 사랑을 하고 싶다고 전해요

가까이서 바라볼 때 그대가 좋아
사랑은 침묵 속에서 꽃피어 가요

커피향

한잔의 커피 향기에서 당신의
다정한 향기를 마시고 싶어요

은은하게 피어오른 따뜻한 향
커피잔을 휘감고 피어올라요

내 삶의 둘레길 등나무에 메인
줄기들 서로 감싸 안아 품어요

당신의 환한 미소가 수줍음을
타는 듯한 표정으로 웃어줘요

당신의 고운 미소에 반해가며
가슴에 봄의 아지랑이 피워요

겨울 햇살에 피어오른 온기에
포근한 커피 내음 내 맘 편해요

외로운 별

어두운 창가에 별빛이 내려왔네요
찬 겨울에 마음이 외로운 별인가 봐요

안방으로 오도록 창문을 열어줘요
몸도 녹이며 아픈 사연 들어 줄래요

찬 겨울 그리움 참지 못하여 왔나요
어둠이 가기 전에 따스한 맘 전해요

향기 나는 차 한잔하면서 별나라의
고독한 중년 생활을 들어만 주세요

새벽녘 사무치게 다가오는 그리움
자명종 소리에 잠 깨우며 사라져요

당신을 보내고

떠나도 쉽게 잊혀가는
사람이면 좋았을 텐데

왜 하필 당신을 보내고
그리워지는 사람 될까요

보내고 죽도록 미워지는
사람이면 좋았을 텐데요

왜 하필 당신을 보내고
사랑하는 사람이 될까요

보내어도 미련 남지 않는
사람이면 좋았을 텐데요

왜 하필 당신을 보내고
눈물 나는 사람이 될까요

한 잔술

한잔의 술에 인생을 안주삼아
순한 소맥으로 시작해 보셔요

순간의 고통마저도 마비시켜
쉽게 망각하며 즐거움 넘쳐요

힘든 시간 알콜로 태워버리고
즐거움만 가득히 채워 마셔요

커피 마시며 나는 향기보다는
쓰디쓴 소주 한잔이 짠해져요

모진한파 차가운 추위와 함께
제 맛나는 인생살이 함께해요

소주 한잔에 뜨거운 우정담아
정겨운 이야기로 기쁨 나눠요

낙엽의 마음

바스락 바스락 낙엽 밟는 소리
기쁨과 슬픔 가득 묻어 있어요

낙엽아, 밟아도 아프지 않은가
언젠가 떠나야 할 운명이라제

이별의 아픔 울부짖는 나무야
곧 만나니 너무 슬퍼하지 말아요

산 기운 오색 단풍 피로 물들고
온 산천 예쁘게 슬픔 달래줘요

슬픈 가슴 식혀주는 산들바람
달콤한 커피믹스 한잔 마셔요

그대의 별

밤하늘 구름에 떠 있는 보름달에
어여쁜 당신의 얼굴 그려봅니다

당신과 지난 추억이 되어버린
아름다운 풋사랑을 그려봅니다

내 가슴에 박혀있는 당신의 사랑
봄날의 향기 꽃으로 피어납니다

차디찬 모진 찬바람을 이겨내며
오직 그대의 별이 되고 싶습니다

펄펄 내리는 함박눈 앞을 가리며
길 찾는 마음 어둠의 길이랍니다

제목 : 그대의 별
시낭송 : 박영애
스마트폰으로 QR 코드를 스캔하면
시낭송을 감상할 수 있습니다.

삶의 지혜

인생은 선택형으로 살지 말고
서술형으로 답을 만들어가요

인생의 정답을 바로 찾지 말고
살아가면 정답을 풀면서 가요

내일의 이상을 설계하지 말고
오늘을 실천하며 설계해가요

시대의 흐름에 휩쓸리지 말고
뿌리 깊은 본질에 충실해가요

주변의 소문을 맹신하지 말고
소문은 참고사항으로 여겨요

슬픔과 즐거움은 늘 상존하며
서로가 부대끼면서 살아가요

너랑 나랑

화창한 날씨에 밝은 햇살 받아
물든 단풍도 싱그러워 보여요

아름답게 꽃피어있는 그 길을
함께 다정히 걸어가고 싶어요

상쾌한 공기 가슴 깊이 마시며
따뜻한 가을 햇살과 함께해요

너랑 나랑 함께 마시는 맑은 물
계곡 속 숨겨둔 옹달샘 좋아요

초록의 잔디 노랗게 물들어 가고
깊어간 가을 낙엽에 불태워요

물보라 인생

구름은 바람이 몰아가고
바람은 그리움을 만드네

즐거운 마음은 물 흐르듯
굽이를 만들며 흘러가네

물길은 위에서 내려가고
그리움은 모여 떠내려가네

삶의 흔적은 계곡 만들어
그 사이로 사랑 채워가네

향수에 젖은 그리운 향기
수증기로 구름을 만들어요

돌고 도는 물보라 인생은
바람 타고 자유여행 하네

좋은 인연

좋은 사람과 함께 인생을
만들어갈 수 있다는 것은
참으로 행복한 일입니다

그리운 벗님과 동행하는
나는 행복을 안고 갑니다

어리숙하면서 순진한 것
처럼 아름다운 미감 따라
볼수록 정겨움이 갑니다

포근한 겨울 속의 봄날에
고맙고 감사했던 분들께
안부 인사 남기고 갑니다

좋은 인연은 내 안에 있는
꺼지지 않는 빛이랍니다

인생여정

내 마음속에 그리운 그대가 있었고
그대 마음에 사랑하는 내가 있었네

아름다운 인연 비가 되어 찾아오는
반짝이는 빗방울 빛처럼 아름답네

강가에 노니는 철새들의 평화로움
여울진 소용돌이 맴돌며 즐겁다네

곱디고운 인생여정 굽이굽이 돌아
다시 찾은 내 자리 행복감 찾아오네

아아, 내 마음속 겨울비가 와서 좋고
그대의 숨소리에 생기가 돌아 좋네

공감과 위로

이동로 시집

초판 1쇄 : 2018년 6월 8일

지 은 이 : 이동로

펴 낸 이 : 김락호

표지 그림, 삽화 : 이성민 화가

디자인 편집 : 이은희

기 획 : 시사랑음악사랑

인 쇄 : 청룡

연 락 처 : 1899-1341

홈페이지 주소 : www.poemmusic.net

E-Mail : poemarts@hanmail.net

정가 : 10,000원

ISBN : 979-11-6284-018-4